AF341701

# DISSERTATION
## EN FORME
# DE LETTRE,

Sur la nature, les vertus & l'usage des Eaux thermales de la Preste.

*Par Monsieur MARCE', Docteur en Médecine de la Faculté de Perpignan.*

# A PERPIGNAN;

Chez J. B. REYNIER, Imprimeur du Roy, du Clergé & de la Ville.

*Avec Permiss.*

# REPONSE
## A UNE LETTRE.

JE me fens, Monfieur, infiniment flâté par l'honneur que vous me faites, de me demander des éclairciffemens touchant les Eaux de la Prefte.

Vous avez cru, fans doute, qu'étant, comme je le fuis depuis plufieurs années, à portée de les bien connoître, par les effets prodigieux que j'ai dû leur voir operer, je ferois en état de vous en faire une analyfe exacte, vous en dire les proprietez, avec les differentes fortes de maladies où elles peuvent convenir, & les préparations qu'on doit y aporter pour en rendre l'ufage utile & en mieux affûrer le fuccès : vous me paroiffez même fouhaiter que je vous faffe part de mes Obfervations là-deffus.

Du refte, Monfieur, je ne vois pas trop à quel propos vous vous adreffez à moi par préference, & encore moins vois-je la raifon pourquoi vous m'annoncez que vous êtes

)

dans le deſſein de rendre publique ma ponſe à votre Lettre. Cela ſuffiroit pour me faire tenir bouche cloſe ; car enfin vous ſçavez bien que mon talent n'eſt guére celui d'écrire, & que mon goût eſt encore moins celui de me voir imprimé. Uniquement jaloux de la gloire que doit conſtamment avoir à cœur un Homme de ma Profeſſion, & qui conſiſte à l'exercer ſans réproche, je n'ai eu garde juſqu'ici de m'y propoſer d'autre but, ayant toûjours été bien éloigné d'ambitionner follement, ou à contre-tems, le Titre faſtueux d'Ecrivain ou d'Auteur.

Quel que ſoit cependant votre deſſein, & au hazard même de me repentir de la défe-rence que j'aurai eue pour vous, je vai, M. ceder à vos inſtances, que j'ai un interêt bien perſonnel à croire ſinceres ; je vai, dis-je, vous ſatisfaire, eſperant qu'à votre tour, vous voudrez avoir pour moi la com-plaiſance de me communiquer les réflexions dont vous aurez accompagné les miennes.

Voici donc, M. en auſſi peu de mots qu'il me ſera poſſible de vous le marquer, tout ce que j'ai à vous dire des Eaux de la Preſte, déja devenues ſi celebres par l'analogie qu'on a trouvée entr'elles & celles de d'Ax Cauteres de Bareges; mais avant que d'entrer dans aucun détail, il est bon que vous sçachiez, que depuis onze ans que j'exerce la Médecine dans cette Ville & dans tous ses environs, je n'ai rien négligé de tout ce qui pourroit contribuer à me mettre bien au fait de l'excellence de ces Eaux, & des avantages qui pouvoient en résulter pour le Public, dès-lors qu'elles seroient administrées d'une maniere convenable & à propos.

Je puis même assûrer que je l'ai fait avec application, d'autant mieux que j'y avois été engagé par M. Coste, Professeur en Medecine & Anatomie dans l'Université de Perpignan : vous connoissez M. ce Médecin, d'ailleurs si récommandable par la sagacité de son génie, l'étendue de ses lumieres, l'abondance de ses ressources dans les cas les plus embarrassants, quelques-fois même les plus desesperez, & par la sagesse de sa pratique ; qualitez, au reste, qui l'ont rendu si celebre dans les pénultiemes guerres d'Italie, parmi nous, dans les Provinces voisines, & jusques dans la Capitale de ce Royaume.

M. Coste fut le premier, à son rétour de l'Armée d'Italie, où il avoit été appellé par ordre du Roy, en 1734, à faire l'analyse des Eaux de la Preste, à les mettre en usage, à les accrediter. C'est lui qui en décela les proprietez, c'est à lui que la gloire de cette découverte est légitimement dûe. Il eut même la bonté de me communiquer ses Observations au sujet de ces Eaux, en me récommandant d'y joindre les miennes, à mésure que j'aurois occasion d'en faire ; ce que j'ai fait M. avec d'autant plus de satisfaction, que c'en étoit une pour moi bien vive & bien flâteuse, de me voir comme de niveau & de societé de recherches qui concernoient ma Profession, avec un Confrere de son poids & de son mérite.

Vous avez même pû voir en partie ces Observations, tant celles qu'a fait M. Coste, que les miennes, dans une Dissertation Accademique, mise au jour en 1748, par un autre Professeur de la même Université, à qui M. Coste & moi avions fait part de nos découvertes à cet égard, sans prétendre d'ailleurs, qu'elles tournassent à notre gloire, trop satisfaits, pourveu qu'en les voyant devenir publiques, elles devinsent également utiles.

Cette Dissertation suffiroit, seule, pour

conſtater l'utilité des Eaux de la Preſte, en montrer l'analyſe, en indiquer les proprietez & l'uſage; & néanmoins comme il s'agit ici de ceder à l'empreſſement que vous me témoignez de ſçavoir de moi en particulier, ce que je penſe, & ce que j'ai obſervé touchant ces Eaux, je vai eſſayer & faire de mon mieux pour vous rendre un compte exact de tout ce que j'en ai rémarqué, tant par l'analyſe que par l'expérience.

Les Eaux de la Preſte, ainſi apellées ſans doute, à cauſe de leur proximité avec une eſpece de petit Hameau de ce nom, dans le Terroir de Prats-de-Mollo, au pié d'une Montagne eſcarpée & à trois cens pas de la Riviere du Tech, donnent trois ſources différentes : l'une ſort précipitament d'un Rocher & entre dans un baſſin vouté; l'autre, à vingt pas de la premiere, à côté d'un petit Ruiſſeau qui coule entre les deux, s'éleve en bouillonnant, de la ſurface de la terre & ſe jette dans ce Ruiſſeau; la derniere enfin, qui n'eſt qu'à ſix pas de la ſeconde, s'écoule à travers les décombres d'une vieille Maſure qu'on dit avoir été autres-fois un Baſſin vouté pour laver les Lepreux, & qu'on nomme encore aujourd'hui an langue du Pays, *Bany dels Mazells.*

L'Eau de la premiere Source a 38 degrez de chaleur, au Thermomêtre de M. de Reaumur. Elle eſt extrêmement claire & limpide, pétillant dans le verre, ayant l'odeur du ſouffre & le goût d'œufs couvez. Les vapeurs qui s'en exhalent, donnent quelques-fois à la tête; elle ne ſouffre point le tranſport & perd même de ſa vertu, à peu de diſtance de ſa ſource. On trouve ſur les pierres ou autres matiéres par où elle paſſe, des floccons blanchâtres, qui expoſez á l'air, prennent une couleur verte qui devient enfin plombée.

L'Eau de la ſeconde Source, eſt en tout, égale à la premiere, & ſi elle paroit avoir un dégré de chaleur de moins, c'eſt parce qu'elle eſt à découvert.

L'Eau de la troiſiéme n'a ni tant de goût ni tant d'odeur; à peine eſt elle chaude, ſur tout en Eté, ce qui ne dépend que de ſon mélange avec l'Eau froide.

Je laiſſe aux Phyſiciens, le ſoin de ré-chercher la vraie cauſe de la chaleur de ces Eaux. Il y a apparence pourtant qu'elles la doivent à la même cauſe que les autres Eaux thermales. Vous ſçavez M. qu'autres-fois on s'attribuoit aux feux foûterrains qui fe trouvent fous les canaux par où elles coulent, & qu'avant *Hoffman* , perfonne que je fçache , n'avoit crû qu'elle dût être attribuée à des pierres pyrites ; mais ce fçavant Obfervateur examinant de près les divers canaux par où paffent les Eaux Carolines en Boheme, y trouva quantité de ces pierres qui, arrofées d'eau, s'échauffoient & s'embrafoient. Les pierres pyrites, qui font des pierres métalliques, marquetées tantôt d'argent, tantôt de cuivre ou de laiton, & qui prennent feu quand on les frape avec un corps dur ; ces pierres , dis-je , font compofées de parties fulfureufes & ferrugineufes. Or , la Chimie & l'experience nous aprend que fi on verfe de l'eau fur la limaille de fer , mêlée avec égale quantité de fouffre , il fe forme une effervecence , le feu prend, la flâme paroît , & même il fe fait une explofion, fi l'on a enfermé & comprimé la matiere. Il fuffit donc qu'il y aît dans les canaux de ces fources, des pierres pyrites, pour échauffer nos Eaux & qu'elles foient impregnées de fer & de foufre.

Je ne m'étudierai pas non plus à déterminer la véritable fource des Eaux, elle eft toûjours indécife; mais la vérification qu'on a fait de celle des Eaux de la Seine, & qu'on a attribuée aux Eaux de la pluye, ne m'autoriseroit-elle pas a croire que les Eaux de la Preste & les autres Eaux thermales tirent leur origine de la pluye & non de la Mer, quoique je n'ignore pas qu'il y a de part & l'autre, des raisons assès fortes pour en retarder la décision ?

Particuliérement occupé de la pratique, j'ai donné mes soins les plus assidus à découvrir le mineral que renferment les Eaux de la Preste : voicy en abregé, le succès de mes recherches.

1°. Soit que j'aie jetté dans ces Eaux, ou que j'aie suspendu sur leur surface, à la hauteur d'un pié, une piéce d'argent, elle a, dans l'un & l'autre cas, pris d'abord, la couleur d'un brun rouge, & enfin celle du plomb.

2°. J'ai pris d'huile de Tartre par défaillance, son Sel, l'Esprit de Vitriol, celui de Soufre, le Sublimé corrosif, la teinture de Noix de Galle, le Syrop Violat, que j'ai mêlez separement avec une certaine quantité de cette Eau, sans que j'aye rémarqué le moindre mouvement de fermentation, ni autre changement de couleur que celui de la Drogue ou Liqueur dont je m'étois servi pour le mélange.

3°. J'ai exposé à un feu lent, environ un pot de cette Eau que j'ai laissé évaporer ; elle ne m'a donné qu'un résidu cendre d'environ deux grains, qui, mis sur une cuillere de fer rougie au feu, s'est envolé en étincelles, répendant l'odeur du Soufre sans donner la moindre crépitation.

De ces différens essais, j'ai inferé que ces trois Eaux contiennent un Soufre extrêmement divisé & volatil, avec une matiere etherée, ou un air très-élastique, qui fait une de leurs principales vertus.

Je sçai que des Médecins ont décidé qu'elles renfermoient quelque Sel ; d'autres, qu'il y avoit du Vitriol ; mais si cela étoit elles auroient fermenté par les différens mélanges que j'en ai fait, & leur résidu eût donné quelque crépitation. Si elles contenoient du Vitriol, par le mélange de la teinture des Noix de Galle, il auroit paru des taches noires ou purpurines, ou bien quelque couleur tanée. Quoi qu'il en soit, je ne décide rien à cet égard, persuadé que l'analyse des Eaux est insuffisante pour découvrir toutes leurs qualitez, & souvent capable d'en imposer, puisqu'on peut déterminer le mineral qui y domine, dans le tems même que des Sels ou autres matieres qu'elles contiennent, peut-être échaperont à nos recherches les plus exactes.

On en sera convaincu pour peu qu'on réfléchisse sur les conséquences qu'on tire des differens moyens qu'on employe dans l'analyse : en effet, si par le mélange des acides, on remarque quelque mouvement de fermentation dans les Eaux, on conclut qu'elles renferment un Alkali ; & si elles fermentent en y mêlant des Alkalis, on prononce hautement, qu'elles contiennent un acide ; mais s'il est prouvé, comme il l'est, que des acides fermentent avec des acides, & des Alkalis avec des Alkalis, il faudra nécessairement convenir que l'analyse est fautive. Si par le mélange, les Eaux acquierent une couleur verte, on décide pour les Alkalis ; si c'est une rouge, pour les acides ; si c'est une blanche, pour le Sel marin ; &c. mais, s'il est vrai, comme on n'en sçauroit douter, que telle drogue qui, par tel ou tel mélange, prendra telle ou telle couleur, contient néanmoins differens Sels, il sera également vrai de dire, que non-seulement l'analyse ne suffit pas, mais qu'encore elle en impose à l'Artiste qui l'employe.

Il est sûr que les Alkalis produisent l'effet des acides, & qu'une même décoction, mêlée avec differentes décoctions bleues, rougit l'une & verdit l'autre. Pour en êtr persuadé, il n'y a qu'à mêler la décoctio du Kinkina, qui, de l'avû des Connoisseurs, passe pour un Alkali, avec des teintures bleues, elle les rougira. La décoction des sommitez de Cammomille, qui verdit l décoction du Tournesol, rougit celle des fleurs de mauves.

Je serois trop long si je raportois tous les exemples de ces divers changemens, citez par les Auteurs qui ont travaillé sur ce sujet; j'ajoûterai seulement, que s'il se fait quelque résidu après l'alliage, ou même sans alliage, & qu'il s'y trouve quelque parcelle de Sel, on n'hésite pas un instant à décider que les Eaux en contiennent, & dans le cas contraire qu'elles en sont dépouillées ; mais on devroit, ce me semble, faire attention que les Sels peuvent être si volatils, qu'ils s'exhalent dans peu, ou que ce sont les Sels des Drogues dont on s'est servi pour le mélange , qui en se précipitant , s'uniront , prendront diverses formes & se montreront sous une nature differente. C'est ainsi qu'une matiere differemment modifiée, prend telle ou telle couleur, saveur, ou consistence.

On ne peut donc pas connoître l'usage des Eaux , me direz-vous, Monsieur, dès qu'il n'est pas possible d'en déceler la nature ? Il est au moins, extrêmement difficile, & ce n'est guére que par les effets qu'on en peut juger. Si cependant vous rapellez à votre souvenir, que j'ai déja dit qu'on peut décider du mineral qui domine dans les Eaux , & que les autres matieres peuvent presque y être comptées pour rien, y étant en si petite quantité , vous conviendrez avec moi, que c'est la seule route à suivre pour en découvrir la vertu, & en fixer l'usage.

La vertu de nos Eaux doit être estimée par les proprietez de l'Eau-même, du Souffre & de l'air qu'elles renferment.

L'Eau est le meilleur délayant , l'unique même dans la nature : elle est propre à pénetrer jusques dans les reduits les plus cachez de nos corps ; & selon les cas où elle est administrée , & les differentes précautions qu'on prend en l'employant , elle produit des effets étonnans.

Le Souffre contient deux substances ; l'une grasse & huileuse, qui est un véritable beaume ; l'autre, acide, minérale, universelle. La premiere s'enflamme, la seconde frappe l'odorat. Celle-cy se trouve en moindre quantité toutes les fois que le Souffre est extrêmement volatilizé, comme il l'est à nos Eaux ; & ce qui prouve que cela est ainsi, c'est que les floccons blanchâtres qu'elle charrient, prennent feu sans presque affecter l'odorat. Le Souffre, de l'avis des Praticiens, est propre à diviser les liquides, à amolir les solides, & à leur redonner le ton, s'il leur manque.

L'air, par sa gravité, contre balance le ressort des Vaisseaux, & modére le mouvement des liqueurs qui y circulent ; & par son élasticité, il entrétient le cours de ceux-cy & augmente l'action de ceux là.

Si on réunit à présent ces différentes priétez, on avouera sans peine, que nos Eaux sont résolutives, sedatives, vulneraires, & que conséquemment on peut les employer dès qu'il s'agira de résoudre le sang, la lymphe, les humeurs, & de rélacher les parties solides, ou de leur donner

de force ; en un mot, toutes les fois qu'il
fera queſtion de rétablir l'équilibre dans le
corps. C'eſt ce que l'experience confirme
chaque jour, par nombre de Malades qui,
après avoir tenté, mais vainement, pluſieurs
Remedes, ont enfin eu récours à nos Eaux.

J'abuſerois de votre patience, M. ſi je
vous en faiſois un détail circonſtancié ; une
ou deux Obſervations ſur chaque Maladie
qui a cedé aux Eaux de la Preſte, ſuffiront
ſans doute, pour vous montrer l'utilité qui
réſulte de leur uſage.

Ces Maladies ſont internes ou externes :
je compte parmi les internes, les Cathar-
res négligez ; l'Aſthme ſec & humide ; la
Pthyſie qui n'eſt pourtant pas à ſon dernier
periode, de même que tout'autre ſuppura-
tion intérieure ; le vomiſſement ; les coliques d'eſtomac ; les inteſtinales, ſur tout hiſ-
teriques ; les nephrétiques, &c. Je place au
rang des externes, la Paralyſie ; la Goutte ;
le Rhumatiſme ; la roideur des tendons ; les
Anchiloſes ; les differentes Maladies de la
peau ; les Ulceres ; les fluxions aux yeux,
aux oreilles, &c.

Quoique je ſçache, M. que le plus ſûr
moyen pour décrire un Remede, conſiſte à

en multiplier les vertus, je ne craindrai pas
d'avancer que nos Eaux chaſſent des Reins
& de la Veſſie, les ſables & le gravier, &
même qu'elles peuvent y fondre les pierres
qui n'ont pas encore acquis un certain dégré de conſiſtence.

Voicy l'Obſervation qui ſemble autoriſer
mon idée. M. Coſte monta pour la ſeconde
fois à la Preſte en 1738, pour y faire,
comme je l'ai deja dit, des expériences ſur
les pierres de la Veſſie : il en aporta deux,
l'une du poids de cinq onces, d'une ſurface
unie & polie, de couleur de Marbre blanc,
qui avoit été tirée du corps d'un enfant du
nommé Cruzet, Commis au Bureau des
Lettres à Perpignan, qui, placée dans un
Vaſe de terre où tomboit à très-peu de diſtance, un petit filet de nos Eaux, diminua
d'une once, dans l'eſpace de cinq heures ;
les parcelles blanches qui s'en détacherent
couvrirent tout le fonds du pot. L'autre
pierre, également unie, & du poids de trois
onces & demi, diminua de demi once dans
le même intervalle de tems. Ces évenemens
déterminerent M. Coſte à faire prendre nos
Eaux aux Nephretiques, & le ſuccès a ré-
pondu à ſon attente. Cela étant ainſi ſeroit

il impossible que la douche, l'injection dans la Vessie, l'embrocation sur l'hypograste & la boisson de ces Eaux fondissent les pierres commençantes ? Nos Eaux ne sont-elles pas savoneuses ? Et M. Cantuel Médecin, ne découvrit-il pas que le Savon d'Alican faisoit la baze du fondant de la pierre de Mademoiselle Stephens ? Le Secret decette Anglaise devenu public, n'a-t'il pas confirmé la découverte de cet habille Homme ? Le tems me fournira peut-être des Observations à cet égard, comme il m'en a fourni sur les Maladies suivantes.

## OBSERVATION I.

Une Dame de cette Province, attaquée d'une fiévre lente, d'une oppression de poitrine, & d'une extinction de voix, œdemateuse des pieds & des jambes, ayant depuis deux mois, un grand dégoût & un cours de ventre, usa en 1746, pendant quinze jours, des Eaux de la Preste, de la maniere suivante. Le premier & second jour elle en prenoit six gobelets ; le troisiéme & le quatriéme, huit ; le sixiéme & le septiéme, dix & ensuite douze tous les jours, avalant le soir, un bolus de Dialcordium avec un grain d'Opium torrefié, pour arrêter son cours de cours de ventre. Elle humoit encore la fumée qui s'éleve de la source de ces Eaux, La voix & l'appetit lui revinrent ; l'œdême & la fiévre disparurent , & elle récouvra l'embonpoint & la santé.

### OBSERVATION II.

Un Malade âgé de 35 ans, ayant une toux sêche, la respiration laborieuse, une douleur à la partie laterale anterieure & supérieure de la poîtrine, avec fiévre lente & maigreur extrême, après avoir été préparé par les remedes géneraux, & par des bouillons adoucissans, fit d'abord usage de nôs Eaux toutes pures, pour mieux inciser la lymphe qui étoit en stase dans le Poûmon & autres parties de son corps, & ensuite coupées avec du lait de chevre. Dans 15 jours, la difficulté de respirer, la toux, la douleur , la fiévre , cesserent. Il revint en santé sans avoir jamais eu d'expectoration, ayant seulement beaucoup uriné, & ses urines ayant toûjours été fort troubles.

### OBSERVATION III.

Je fus consulté au mois de Septembre 1747, par un Poûmonique au dernier degré, atrophié par la fievre hectique , par le de ventre & les sueurs nocturnes: je lui or-

(B)

donnai un bon régime & quelques remedes que je crus convenables à son mal. Ne pouvant le faire aller à la Prefte, j'envoyai querir une bouteille d'Eau que je fis bien boucher ; il en prit trois gobelets, troublée avec du lait ; le foir il avaloit un bolus de Diafcordium, avec un grain d'Opium torrefié, & beuvoit par-deffus, une legere infufion de fommitez fleuries d'Ypericum. Deux jours après, j'augmentai d'un gobelet la doze de l'Eau. Le cinquiéme jour les fueurs difparurent, le cours de ventre fe ralentit ; je lui prefcrivis une plus grande quantité d'Eau, fans négliger le remede du foir. Dans quinze jours de tems, le ventre fe refferra, l'expectoration, quoique toûjours purulente, devint facile. Le Malade récouvra fes forces, & paffa deux mois affés tranquille ; mais ayant voulu fe permettre l'ufage des ragoûts, les premiers fymptomes réparurent : je fus apellé trop tard ; les fécours que je lui prêtai n'aboutirent qu'à le conferver jufqu'au mois de Juillet fuivant.

## OBSERVATION IV.

Un Gentilhomme de Perpignan, réduit prefque au Marafme, vint avec une fievre

lente & un crachat purulent , prendre nos
Eaux , par le conseil de M. Coste son Médecin : il les but matin & soir , légerement
coupées avec le lait d'Anesse ; dans quin-
zaine il fut guéri , & il en devint plus gras
& plus gros qu'il n'étoit avant sa Maladie.

## OBSERVATION V.

M. Coste conseilla à un de ses Malades ,
Bourgeois de Trullas , nommé Durand , sujet à des crachemens sanieux , avec fievre
lente & difficulté de respirer , de faire usage
de nos Eaux. Il les prit pendant 15 jours ,
d'abord toutes pures , & bien-tôt après ,
troublées avec le lait de chévre. C'en fut
assés pour faire disparoître tous les symptomes de son mal.

## OBSERVATION VI.

Sur la fin du Printems de 1748 , un Cor-
delier de la Communauté de Girone , natif
de cette Ville , âgé d'environ 60 ans , tourmenté d'un Asthme humide , depuis quelques
années , prit par mon avis , les Eaux de la
Preste , sans lait , ne s'agissant que de briser
& d'inciser la lymphe engouée dans le Poûmon , & de donner du ressort aux membranes de ce viscere. Je lui conseillai encore de humer la fumée qui s'exhale de leur

source. Il se trouva si bien de leur usage, que dans 15 jours, il retourna à la Ville à pied, sans sentir la moindre oppression.

## OBSERVATION VII.

Un Païsan d'environ 34 ans, originaire de la Catalogne, vint me demander si les Eaux de la Preste pourroient convenir à un Asthme sec dont il étoit attaqué depuis deux ans: je les lui conseillai, coupées avec du lait de chevre; il en usa durant 20 jours, à la dose de deux pots par jour, & il en guérit.

## OBSERVATION VIII.

Un Prêtre, âgé de 55 ans, après un pissement de sang, à la suite d'une colique néfretique, mal soignée, se plaignant sans cesse, d'une douleur, d'une cuison & d'une pésanteur au rein droit, & rendant des urines purulentes, prit par mon Conseil, les Eaux de la Preste, à la doze de dix ou douze verres par jour, & quelques fois de quinze : les quatre premiers jours les urines charrierent beaucoup de pûs; la quantité en diminna si fort de jour en jour, que le quinziéme, les symptomes déja mentionnez disparurent, les urines devinrent claires & le Malade fut radicalement guéri.

## OBSERVATION IX.

M. Coſte envoya à nos Eaux, un Curé de cette Province, qu'il voyoit, atteint depuis long tems, d'une colique nephretique qui, par ſes fréquens retours, le mettoit à deux doigts de la mort : il en but juſqu'à 20 gobelets par jour, & rendit du ſable & des glaires en ſi grande abondance, que lorſqu'on verſoit ſon urine ſur des planches, elles blanchiſſoient comme ſi on les eût enduites de plâtre. En ayant continué l'uſage pendant 19 jours, elles produiſirent en lui un ſi bon effet, qu'il n'eut qu'une attaque cette année-là. Il y révint l'année ſuivante ; je le fis ſaigner & purger ; les Eaux paſſerent bien les trois premiers jours, mais le quatriéme il ſouffrit une colique ſi violente, que je fus obligé de le faire reſaigner ; je lui fis ſervir un clyſtere émollient & anodin ; le ſoir il rendit un gravier de la groſſeur d'un grain d'orge, & d'une ſurface fort inégale ; il fit beaucoup des glaires & des ſables, les jours ſuivans, & il ſe trouva tout-à-fait ſoûlagé.

Ce Malade avoit encore un tremblement ſi conſiderable, qu'à peine il pouvoit dire la Meſſe ; au moyen de quelques bains que je lui conseillai, ce tremblement diminua au point qu'il a la liberté d'exercer les fonctions de son Ministere.

### O B S E R V A T I O N   X.

Une Demoiselle d'Arles, en Vallespir, sujette à une colique qu'on disoit être hystérique, & qui, par la fréquence de ses retours, la faisoit continuellement souffrir, vint tenter l'usage de nos Eaux : le troisiéme jour, elle en eut une si vive attaque, que je fus obligé de lui envoyer une potion calmante. Je me rendis chès elle le lendemain, & je la purgeai avec deux onces de Manne, dissoute dans un verre de cette Eau que je lui fis continuer ; elle rendit beaucoup des glaires, du sable & du petit gravier ; sa colique cessa & depuis ce tems-là, elle n'en a plus souffert.

### O B S E R V A T I O N   XI.

En 1748, un Prêtre âgé de 74 ans, fut attaqué d'une Ischurie : je me trouvai par hazard, à Saint Laurens de Cerda, où il étoit ; on n'osoit pas le saigner à cause de son grand âge. Voyant qu'il étoit en très-mauvais état, je brusquai quatre saignées, & le fis mettre dans un bain domestique. Un Chirurgien du Conflent qui s'y rencon-

tra, le fonda & lui tira de l'urine bour-
beufe & noire comme du charbon pilé.

Quelques jours après il fortit un peu de
pus avec les urines ; j'ordonnai un bolus
vulneraire, avec une décoction de même en
injection, & à peine fut il en état de fouf-
frir le tranfport, que je le fis porter à nos
Eaux ; il en but 8 ou 10 gobelets tous les
matins ; trois fois par jour je lui en fis injecter dans la veffie, & dans trois femaines
l'ulcere fut cicatrifé. Ajoûtez à cela que je
lui fis revenir la goute, qu'il avoit cy-devant
aux pieds.

#### OBSERVATION XII.

Un gros Païfan, cruellement tourmenté
par des coliques d'eftomac, accompagnées
fouvent de vomiffement, après avoir été
convenablement difpofé pour l'ufage de nos
Eaux, en prit pendant quinze jours, la doze
de 15 gobelets chaque matinée, ajoûtant
de trois jours l'un, deux ou trois gros de
Sel policrefte, au premier gobelet : les quatre premiers jours il vomit quantité de glaires & de la bile ; les fuivans il fut purgé
très-copieufement & il fut parfaitement
guéri.

### OBSERVATION XIII.

Une fille de 18 ans, native d'Olot en Catalogne, attaquée depuis 8 mois, d'une Hemiplegie, en fut délivrée dans douze jours, par l'usage de nos Eaux, prises le matin à jeun, à la doze de six gobelets & d'un bain où elle descendoit l'après midi.

### OBSERVATION XIV.

Au mois de Janvier 1745, un Colporteur Gascon, détenu au lit depuis quinze jours, par un Rhumatisme général, fut porté sur un brancard, à la Preste ; neuf bains temperez qu'il y prit, le remirent entierement : il s'en retourna à cheval & il n'essuya plus d'atteinte de son mal.

La même chose arriva à un Mr. de notre Ville, âgé de 70 ans.

### OBSERVATION XV·

Un jeune homme de cette Ville, qui, depuis six mois, souffroit d'une Sciatique violente, après avoir fait l'essai des remedes de quelques femmeletes & de deux Charlatans, vint me consulter en 1746 ; il avoit le pied, la jambe & la cuisse gauche atrophiées, se plaignant toûjours d'une douleur fixe à la hanche, qui s'étendoit tout le long de la cuisse & de la jambe,

jufqu'au pied. Il étoit fec & avoit une fiévre lente : je le fis faigner deux fois ; je le
purgeai légerement & le mis à l'ufage du
fuc de bourrache & de chicorée ; je lui fis
une ambrocation avec le Savon de tartre,
le camphre, les goutes anodines & l'Eau-
de-vie ; je l'envoyai enfuite aux Eaux de la
Prefte ; il en beuvoit fept verres chaque matin & defcendoit dans le bain l'après-midy.
Dans huit jours, fa douleur s'évanouit ; il
fut en état de marcher, & peu de tems
après le pied, la jambe, la cuiffe, ayant ré-
pris leurs forces naturelles, il récouvra
un embonpoint parfait.

### OBSERVATION XVI.

On tranfporta, par mon Confeil, aux
Eaux de la Prefte, un Mr. de notre Ville,
alité depuis trois mois, à l'occafion d'un
Rhumatifme gouteux qui occupoit toutes
les articulations & n'épargnoit pas même
le Diaphragme, puifqu'il fouffroit le fan-
glot : il en but fix gobelets tous les matins & prit un bain temperé chaque après-
midy ; dans quinze jours fes douleurs fe
diffiperent, il marcha, & dans peu fa gué-
rifon fut radicale.

Ce fut dans le même tems, qu'un Notaire de Perpignan, qui ne pouvoir écrire à cause d'une espéce de Paralyfie à deux des doigts de fa main droite, en fut également guéri, en plongeant trois fois par jour fon bras dans ces Eaux.

OBSERVATION XVII.

Un Garçon de notre Campagne tomba dans la manie, à l'âge de 18 ans. Ses parens très-commodes, qui penfoient à l'établir, voulant cacher fon mal, tenterent la douche des Eaux de la Prefte, elle leur réuffit fi bien, qu'il fut radicalement guéri.

L'idée qu'eut le pere de ce jeune homme de faire doucher la tête à fon fils avec ces Eaux, qui ne font qu'à une demi lieue de fa maifon, lui vint de ce que l'Ayeul de ce maniaque fut confulter, pour une furdité de vingt ans, M. Cofte qui en 1738 fe trouva aux bains de la Prefte pour les examiner & y faire des expériences fur les pierres de la veffie; il lui confeilla de fe faire doucher la tête & de faire entrer l'Eau dans les oreilles, pendant un quart d'heure. Le Malade qui avoit 70 ans paffez, fut guéri de fa furdité, après huit douches.

OBSERVATION XVIII.

Une femme de notre Campagne fut at-

taquée à l'âge de 33 ans, d'une fiévre pu-
tride-vermineuse, avec une pleuripneumo-
nie ; je fus prié de l'aller fécourir. Elle
difoit être dévorée d'un feu interieur, &
avoit fa langue noire, féche & aride. Je
ne pouvois jamais venir à bout d'éteindre
ce feu, ni d'étancher fa foif. Inftruit, par
l'expérience, de la vertu fédative de nos
Eaux, j'en envoyai querir une cruche que
je récommandai de bien boucher. On l'a-
porta encore chaude ; je l'en abbreuvai &
lui ordonnai de s'en pourvoir. Le lendemain je trouvai fa langue humide, la fiévre
avoit confidérablement baiffé ; le feu s'étoit
éteint. La Malade, en continuant mes remedes, revint en parfaite fanté.

Si quelque-fois, ce qui n'arrive que trop
fouvent, il en eft quelqu'un qui, fans préparation, aille fe baigner à nos Eaux, il
lui furvient une fiévre des plus vives avec
un grand feu & une foif extrême. Cet ac-
cident arriva entr'autres, à M. Lagrange,
Chirurgien Major de l'Hôpital Militaire de
Prats-de-Mollo, que M. Cofte trouva en
1738 dans le baffin des Eaux, pour reme-
dier à une fciatique qui le tourmentoit
cruellement ; & comme il fe baignoit fans

avoir pris la précaution d'empêcher l'Eau de la source d'aller au baffin, & fans laiffer évaporer le feu de l'Eau qui échauffe extrêmement l'air que les Malades refpirent dans le bain, il avoit une fiévre vive & une foif inextinguible; il fe plaignoit de n'avoir pû manger ni dormir depuis quatre jours, & il lui fembloit que l'Eau fraîche de la fontaine augmentoit fa fiévre & fa foif.

Pour ne pas laiffer le Malade fans fecours, M. Cofte le mena lui-même à la source de l'Eau des bains & lui confeilla d'en boire; & comme il témoigna de la répugnance pour cette boiffon, M. Cofte commença par en boire en fa préfence, pour lui donner l'exemple. Alors le Sieur Lagrange en beut trois ou quatre gobelets qui appaiferent la foif, calmerent la fiévre, & dans moins d'une heure, il fut fi tranquille, qu'il foupa de bon appetit & dormit paifiblement toute la nuit.

Cette Obfervation & ma propre expérience, m'ont déterminé à ne prefcrire á ces Malades, que la diette & la boiffon de ces Eaux.

## OBSERVATION XIX.

Un Lieutenant du Régiment de la Reyne,

natif d'un Village du Conflent, reçut un coup de Mousquet à la partie antérieure de l'extrêmité du Tibia droit. La bale n'entra pas bien-avant dans l'os : on la retira & on pansa la blessure ; mais voyant qu'elle ne pouvoit se cicatriser & qu'il s'y formoit toûjours des chairs baveuses, on m'écrivit pour sçavoir si nos Eaux pourroient lui convenir : je répondis affirmativement ; l'Officier vint ; je sondai sa playe & je priai notre Chirurgien Major d'y appliquer un Escharotique, ne pouvant pratiquer des incisions sur cette Partie, à cause des tendons. L'Escarre étant tombée, on injecta trois fois par jour, de nos Eaux dans la Playe ; il se sépara des esquilles ; elle se detergea, & si le Malade eut eu la patience de rester à la Preste quelques jours de plus, & qu'il n'eût pas employé des bourdonnets aussi durs qu'il le faisoit, sa blessure eut été cicatrisée aux Eaux mêmes.

## OBSERVATION XX.

Les injections ou lotions de nos Eaux, & l'application d'un plumaceau enduit du Savon qu'elles charrient, ont guéri vingt-cinq Ulceres, deux desquels, à la suite d'une tumeur froide , avoient pénétré bien avant dans la cuisse.

### OBSERVATION XXI.

Un Mr. de notre Ville, défiguré par un Dartre qui couvroit tout son corps, en fut guéri par l'usage intérieur & extérieur de nos Eaux. Cinq autres personnes qui avoient des Dartres vives sur une ou sur plusieurs parties de leur corps, en ont été délivrées par ces mêmes Eaux, & entr'autres un enfant de huit ans, qu'on porta à la Preste en Septembre 1751 & 1752, pour y prendre les Eaux & s'y baigner à l'occasion des Dartres rongeantes & encroûtées qu'il avoit, de ses plus tendres années , & qui souvent lui attiroient des dépôts qui suppuroient : il s'en forma un sur tout, derriere l'oreille droite, près du Condile de la machoire, qui perça dans le tuyau cartilagineux de l'oreille, & qui le rendit sourd. Cet Ulcére, aussi bien que les Dartres , ne furent guéris que par la boisson de ces Eaux & les bains, & par les injections réiterées qu'on en fit dans l'oreille affectée, pendant quinze ou vingt jours consécutifs.

Les Dartres, de quelque espéce qu'elles

soient, pourvû qu'elles ne soient point en-
tretenues par quelque Virus, sont empor-
tées par notre Eau, & principalement
quand on a soin de les frotter avec les parties savoneuses qu'elle charrie.

### OBSERVATION XXII.

Trois fluxions opiniâtres aux yeux ont
été guéries par la boisson & par la douche
de nos Eaux. Deux surditez y ont cedé
aussi. Il est cependant vrai de dire, que
ces dernieres Maladies n'y cedent pas souvent.

### OBSERVATION XXIII.

Mon pere, attaqué de la Goutte depuis
plus de vingt ans, n'en souffre aucune atteinte, si une fois l'année, il monte à nos
Eaux pour s'y baigner huit ou neuf fois.
Lorsqu'il néglige de le faire, il en est
cruellement tourmenté.

L'Observation suivante prouve que ces
mêmes Eaux peuvent être employées pour
le soûlagement des Bêtes.

### OBSERVATION XXIV.

Le Mulet d'un Voiturier de cette Ville,
qu'un air froid avoit saisi tout en sueur, &
qui en consequence, resta presque sans
mouvement, traînant à peine ses jambes de

derriere, fut parfaitement guéri par l'application de couvertures de laine trempées dans nos Eaux, qu'on avoit soin d'arroser souvent & d'en bien envéloper cet animal.

J'en ai, ce semble, assès dit, Monsieur; un détail plus étendu me meneroit trop loin. Les guérisons operées par nos Eaux sont sans nombre; le peu que je viens d'en raporter, est plus que suffisant pour montrer au Public le cas qu'il en doit faire : voici les précautions qu'on doit prendre quand on veut en user.

Il faut d'abord consulter un Medecin qui, au fait de la Maladie, du temperament du Malade & de la façon d'agir de nos Eaux, prépare les voyes par où elles doivent passer, & en éloigne les obstacles capables d'en empêcher la distribution.

Ces préparations qu'un Médecin habile varie & assortit à l'état du Malade, ne suffisent pas ; on doit encore sçavoir la méthode qu'il faut suivre. Elle n'est pas la même pour tous ceux qui prennent nos Eaux. Les uns doivent les prendre toutes pures, & les autres, mélangées avec un peu de lait, de syrop, de décoction de quelque simple, & souvent même avec un

purgatif

purgatif ou quelque pillule alterante. Tantôt on les boit en petite quantité, & tantôt à longs traits. Souvent on employe
les bains temperez, & quelques-fois tous
chauds. Enfin, M. on fait des injections
fortes ou des lotions simples, le tout ré-
lativement aux béfoins du Malade & au
risque qu'il court.

Pour determiner les régles qu'il y a à
suivre dans l'administration de ces Eaux, il
est nécessaire dé connoître non seulement
par quelle voye telle ou telle Maladie a
coûtume de se terminer, mais encore il
faut avoir vû l'effet qu'elles produisent.
C'est ce que j'ai été en même d'observer
dans plusieurs sortes de cas, depuis que je
suis sur les lieux. J'ai remarqué en général.

1º. Qu'il faut garder un régime convenable; éviter tout aliment de haut goût,
n'en prendre que de bon suc, & faciles à digerer; préferer le boüilli au rôti &
au grillé, quoiqu'on puisse manger de ces
derniers, à diner; ne point souper du tout,
ou au moins ne souper que légerement,
afin que les Eaux qu'on prend ordinaire-
ment le matin, trouvant l'estomac débar-
rassé, y passent plus aisement.

2°. On doit n'en boire que quatre ou cinq gobelets dans le commencement, pour qu'elles puiſſent circuler juſqu'aux lointains les plus réculez, ſans ſe précipiter trop tôt par les urines. On en augmente tous les jours la quantité, d'un ou de deux gobelets, juſqu'à ce qu'on eſt parvenu au nombre de douze ou quinze, plus ou moins, ſelon que le Malade peut le ſuporter & que ſa Maladie l'exige.

3°. Si les Eaux ſéjournoient trop long tems dans les premieres voyes, que le ventre du Malade fut gonflé, & qu'il eût du dégoût & de l'amertume à la bouche, on feroit fondre dans le premier gobelet, une once & demi ou deux de Manne, y ajoûtant ſelon la différence des cas & des temperamens, quelques gros de Sel d'Angleterre ou de Sel polichreſte. On peut réïterer le même remede une ou deux fois ſi la ſituation du Malade le demande ; mais ſi malgré ces ſécours, les Eaux ne paſſoient point, on ſe contenteroit de faire fondre dans le premier verre, un, deux ou trois gros de Sel polichreſte, pourvû que la conſtitution du ſang & la diſpoſition des viſceres le permiſſent.

4°. Si le Malade eſt d'un temperament chaud ; qu'il aît une grande acreté dans le ſang, accompagnée d'une toux forte & d'un picotement au gozier ou à la poitrine, il faut blanchir l'Eau avec une ou deux cuillerées de lait, plus ou moins, ſelon l'urgence des ſymptomes ; & ſi le lait ne s'accommodoit pas à ſon eſtomac, ce qui arrive quelque-fois, on doit y ſubſtituer un peu de tiſanne de poulet, de ris, ou un peu de ſyrop d'Althæa de Fernel.

5°. S'il ſurvenoit quelque cours de ventre qui affoiblit le Malade, ce qui arrive de tems en tems, ſur tout aux Poûmoniques & à ceux qui ont des ſuppurations abondantes, il faudroit, pour en arrêter le cours, obſerver attentivement, s'il dépend de quelque indigeſtion précedente; ſi l'eſtomacc eſt trop rélaché, ou s'il y a une fonte dans le ſang. Dans le premier cas, on doit purger le Malade & lui donner le ſoir, quelques parcelles d'une opiate aſtringente & calmante. Dans le ſecond, il doit uſer, une heure avant de prendre les Eaux, & un peu avant dans la nuit, d'une opiate tonique & aſtringente ; & on remediera au troisiéme cas, par le même remede dont je viens de parler, principalement si on n'y épargne pas les calmans.

6°. On peut user du Diascordium ou de quelque préparation de Laudanum, si le Malade a des insomnies ou des mauvaises nuits. Loin que ces remedes puissent lui nuire, ils lui feront salutaires, en assûrant comme ils le font, le bon effet des Eaux, par le calme qu'ils procurent.

7°. Pour ce qui concerne l'usage des bains, il faut toûjours commencer par les temperer. Voicy comme on s'y prend : dès que le bassin est plein, on doit en détourner la source, laisser évaporer & réfroidir l'Eau pendant une, deux, trois, & quelques-fois quatre heures de tems ; & quoique cette manœuvre révolte bien de gens, même des Médecins, on sçait par l'expérience, que cette attention est indispensable, & que sans elle plusieurs personnes, & sur tout celles qui ont un temperament vif & une grande délicatesse dans le genre nerveux, ne sçauroient suporter l'action des bains, ou du moins y rester le tems nécessaire pour que l'Eau puisse assouplir la peau, délayer & diviser la ma-

tiere qui est en stase , ou qui s'est fixée
dans les pores des secretoires. On peut
tous les jours, augmenter de quelques dé-
grés, la chaleur de l'Eau des bains ; les
donner même tout-à-fait chauds, sans détourner la source, principalement dans le
cas de Paralysie ou de quelque Maladie
inveterée , pourvû néanmoins que le Malade
puisse les souffrir sans danger.

8°. Si les Ulceres sont sordides & pro-
fonds , il convient d'y injecter l'Eau avec
force , ou de l'y faire tomber d'une certaine hauteur , afin qu'aidée de ce mouvement , elle puisse mieux penétrer & déta-
cher les matieres épaisses & tenaces qui
y croupissent. Que si au contraire l'Ulcere
est superficiel , & qu'au lieu d'une matiere
épaisse , il n'en sorte qu'un pus blanc &
égal ; s'il acheve de se déterger , & qu'on
voye pulluler de grains charnus , pour for-
mer la cicatrice , il ne faut que l'arroser
ou le bassiner legerement & appliquer par-
dessus , un plumaceau enduit de floccons
blanchatres , charriez par ces Eaux.

9°. Lorsque quelque Tumeur lymphati-
que resiste à l'action des Eaux , il est à
propos de purger le Malade de tems en

tems avec les pillules mercurielles, & fro-
ter même, s'il le faut, la Tumeur avec
l'Onguent Neapolitain, ou bien y tenir
dessus, un Emplâtre fondant, quelque
tems après le bain.

10°. S'il y a quelque vice dans la poitrine du Malade, il humera la fumée qui
s'éleve de la source. Elle porte au Poûmon & est très-propre à diviser & à résoudre l'humeur engouée dans ses vesicu-
les, & à donner du ton aux Membranes.

11°. Les Eaux doivent être continuées
plus ou moins de tems, selon les effets
qu'on peut s'en promettre, ou qu'on leur
voit produire. Il vaut toûjours mieux en
faire un long usage ; souvent même il est
nécessaire d'en user pour boisson ordinaire.
On peut permettre d'y mêler un peu de
vin, à ceux qui, sans avoir des indiges-
tions, ne sçauroient s'abstenir d'en boire.

12°. Ceux qui, par habitude ou par bé-
soin, se livrent au sommeil chaque après-
midy, peuvent suivre leur penchant sans
rien craindre. Je ne vois aucune raison
pour le leur défendre, & je suis d'autant
plus porté à le leur permettre, que l'ayant
fait jusqu'icy, je n'ai jamais vû que cela
aît empêché l'effet des Eaux.

13°. Il arrive rarement qu'on soit obligé de se purger après les Eaux. Je croi même qu'il est de la Sageffe de s'en abstenir par le danger où l'on s'expose de réveiller des irritations affoupies, de changer la détermination des liquides & de troubler par des purgatifs l'harmonie & l'équilibre que les Eaux peuvent avoir rétabli dans la machine. Si cependant il y avoit d'indication à se purger, on la rempliroit en faisant fondre ou diffoudre quelque leger purgatif dans un verre de cette Eau.

Il est encore M, dés mesures à prendre pour que nos Eaux ne déviennent funestes. Elles se reduifent toutes à se garantir des injures de l'air ; à continuer un bon regime, & à jouïr de la tranquillité d'esprit.

C'est fur tout pendant le tems des Eaux, qu'on doit plus que jamais se premunir contre l'intempérie de l'air. La transpiration étant alors très abondante, il est hors de doute, qu'elle seroit interceptée par la preffion de l'air froid, foit fur la peau, foit dans la poitrine, foit ailleurs. Le refferrement des pores qui la fuit de près, faifant refluer la transpiration dans la maffe du fang, occafionneroit les mêmes infirmités ou en cauferoit de nouvelles.

Ce n'eft pas la peine de faire ici un pompeux étalage des motifs qui doivent engager à vivre de régime. Tout le monde en connoit les confequences; & perfonne n'ignore que de la coction des alimens dans l'eftomac, depend la bonté de toutes les autres, & qu'il eft inconteftable que de toutes les fonctions du corps, il n'en eft aucune de plus effentielle à la fanté qu'une bonne & louable digeftion.

Il fuffit de connoitre le pouvoir que l'ame a fur le corps & l'empire que le corps exerce à fon tour fur l'ame, pour juger du defordre que les paffions de celle-cy & les affections de cellui-la peuvent caufer dans la machine; l'equilibre qui regne entre ces deux puiffances & qu'entretient en elle l'uniformité du mouvement des liquides & des ofcillations des folides, ne peut qu'être detruit fi le corps n'eft plus dans fon état naturel, ni l'ame dans fon affiete ordinaire. La tranquillité d'efprit ne fçauroit donc être affès récommandée à ceux qui prenent les Eaux, s'ils veulent en reffentir un effet falutaire.

Après tout ce que j'ay dit de nos Eaux, que me refte-t'il, Mr. qu'à les venger des accufations injuftes dont on les charge?

est-il hors d'œuvre qu'après l'eloge que j'en ai fait, & quelles meritent à si juste titre, je prene en main leur défence & tire d'erreur ceux qui les décrient? parmi les raisons qu'alleguent même des Medecins pour decrediter nos Eaux, la plus puissante selon eux, consiste à dire que les Eaux de la Preste étant chaudes, ne peuvent qu'incendier la masse du sang; & que comme il y a un feu secret dans toutes les maladies, il doit se déveloper par leur moyen & accelerer le danger au lieu de l'éloigner. Ils ajoutent avoir vû des Malades qui dès avoir commencé l'usage de ces Eaux, ont dû les discontinuer par la chaleur intérieure dont ils se sentoient dévorés & par l'augmentation des simptomes de leur mal.

Il en est d'autres qui croyent qu'étant peu chagées de souffre, elles ne font pas assés fortes pour briser la tenacité du sang ni pour redresser le ressort des solides.

Je reponds 1°. que ce raisonnement porte à faux & qu'il est contraire à l'experience; pour s'en convaincre, il n'y a qu'à distinguer la chaleur actuelle de la potentielle. Celle-cy est effectivément capable d'enflamer le sang; mais celle-là se trouvant dans un mixte

fédatif & rafraichiſſant ; doit calmer la
fougue des humeurs & détruire la tenſion
ſpaſmodique des ſolides. l'Eau de la Preſte
quoique chaude, eſt en état par ſa vertu
ſédative, de produire ces bons effets. Les
obſervations déja rapportées, & particuliérement la 18. le juſtifient.

S'il y a des Malades qui s'en ſoient trouvés
echaufés, ils ne doivent s'en prendre qu'à
eux mêmes. Ils ont bû nos Eaux, ſans s'y
préparer, ſans ſuivre la méthode preſcrite,
ſans garder la moindre précaution ; ſouvent
même les ont-ils bûes pour guérir des maux
cauſés ou fomentés par quelque virus ſécret
ou qui n'étoit pas d'un caractere à dévoir
ceder à leur uſage.

Car enfin, s'il étoit vray que nos Eaux
cauſaſſent une incendie génerale dans la
machine, comme on l'oſe avancer, d'où
vient que les Malades qui y courent en
foule pour les prendre après y avoir été
bien diſpoſés, loin d'éprouver cet embraſe-
ment dont on les menace, ſentent au contraire renaître en eux le calme que leur
avoient oté l'éretiſme des ſolides & l'ef-
fervêcence des liquides ? pourquoy les ar-
deurs de la fievre ſeroient-elles éteintes dans

les unes, & rallumées dans les autres ; concevra-t'on que le même reméde bien faisant pour ceux là, doive être meurtrie pour ceux-cy?

Avouons le donc ; cet événement etrange, s'il est jamais arrivé, ne peut avoir eû lieu que dans des Maladies d'une nature à ne pouvoir être gueries par nos Eaux, ou à l'égard de ceux qui les ont prites sans se conformer aux regles dont j'ay parlé.

Je repons 2°. que l'effet des Eaux ne doit pas être uniquement attribué au seul mineral qu'elles contiennent. Le volatil acrien qu'elles renferment aussi, y a sans doute la meilleure part. C'est lui qui sans violence & sans acreté, penetre nos vaisseaux, qu'il rélache sans en affoiblir le ton, & qui delaie & tempere en même tems les liqueurs qui les parcourent sans troubler l'ordre de l'œconomie animale qui resulte de l'action & de la reaction de ces deux corps.

D'ailleurs, ce n'est pas la balance à la main, qu'on doit juger de la bonté des Eaux par la quantité du mineral dont elles sont impregnées; mais il faut fonder son jugément sur le plus où le moins d'élaboration de ce mineral & sur sa proportion au vécule qui le charrie, de façon qu'une Eau legerement chargée d'un mineral bien élabouré, sera préferable à celle qui en contiendra davantage, mais qui sera mal affiné.

Outre que l'experience confirme tous les jours cette verité, on s'en persuadera aisement, si on fait attention que les remedes agissent premierement sur les solides, qui susceptibles de la moindre impression, changent facilement d'oscillation ; or leurs oscillations étant souvent vitiée dans les Maladies par un état spasmodique, un volatil acrien humide qui s'insinuera doucement dans nos corps, est sans contredit très propre à les rétablir dans l'ordre de leurs fonctions. C'est ce qu'on ne doit jamais attendre en pareil cas d'un remede dont les parties seront moins volatilles & en plus grande proportion à leur vehicule.

Mes reflections, Mr. m'ont infensiblement conduit au de-là des bornes d'une lettre, mais l'importance du sujet que j'y ai traité, l'interêt public que j'ay uniquement envifagé & la condefcendance que vous avez toûjours eû pour moy, me femblent devoir authorifer mon écart ; ces reflections, je le

repête, ont toutes été puisées dans l'observation. C'eſt par elle qu'on peut vé-
ritablement juger de l'utilité des Eaux,
n'étant pas poſſible d'en décider par l'a-
naliſe & l'étant encore moins de connoître
au juſte la diſpoſition du ſang & des viſceres.

Je ſuis avec un parfait & inviolable
attachement.

## MONSIEUR,

Votre très-humble &
très-obeiſſant Serviteur
**MARCE'.**

---

## PERMISSION.

VU l'Ecrit cy-deſſus, contenant qua-
rante-quatre pages ſans la preſente,
Intitulé *Diſſertation en forme de Lettre, ſur
la Nature, les Vertus & l'uſage des Eaux
thermales de la Preſte.* Par Mr. MARCE'
Docteur en Medécine de la faculté de Perpignan, n'empêchons l'Impreſſion. A Perpignan le 12 Septembre 1755.
*Signé,* REGNES.

# ERRATA.

*Page* 2 *ligne* 27 cauteres *lisés* de cauteres.

*Page* 4 *ligne* 6 pourroit *lisés* pouvoit.

*Page* 14 *ligne* 27 decrire *lisés* decrier.

*Page* 23 *ligne* 23 de la bile *lisés* de bile.

*Page* 30 *ligne* 3 un *lisés* une.

*Page* 33 *ligne* 20 faciles *lisés* de facile.

*Page* 40 *ligne* 17 elle *lisés* elles.

*Page* 41 *ligne* 19 chagées *lisés* chargées.

*Page* 43 *ligne* 1 unes *lisés* uns.

*Page* 44 *ligne* 12 vitiée *lisés* vitiées.